Mark Sarg

Die übermütige Leiche

Mark Sarg

Die übermütige Leiche

Bizarre Kurzgeschichten

Goldene Rakete Verlag für Belletristik

Imprint

Cover image: www.ingimage.com

Publisher:
Goldene Rakete Verlag für Belletristik
is a trademark of
International Book Market Service Ltd., member of OmniScriptum Publishing Group
17 Meldrum Street, Beau Bassin 71504, Mauritius

Printed at: see last page
ISBN: 978-620-2-44527-6

INHALTSVERZEICHNIS

IM MORGENGRAUEN

Ein Herr in einem grauen Flanellmantel entdeckte im Morgengrauen gerade noch rechtzeitig eine tiefe Regenpfütze.

„Da hab' ich noch mal Glück gehabt!“, frohlockte er – entkleidete sich rasch und legte sich hinein, um sein versäumtes morgendliches Bad auf ***diesem*** Wege nachzuholen.

DAS SELBSTVERMÄCHTNIS

Entnervt vom jahrelangen, erbitterten Streit mit seiner Nachbarin, Demoiselle Annabelle Xandlhauser, beschloss Geheimrat Lois In der Nodel, sich ihr – als kleine „Wiedergutmachung“ – testamentarisch ***selbst*** zu vermachen.

Als nun wenige Tage nach seinem Ableben zwei elegante Herren in Schwarz bei ihr klingelten und mit dem Hinweis „Ihr Erbstück, Madame“ einen Sarg nebst bekanntem Inhalt präsentierten, traf dieselbe – vor „Freude“, wie man fälschlich annahm – unverzüglich der Schlag.

Um das Testament dennoch zu vollstrecken, legte man sie gleich zu ihm, und veranstaltete – wohlmeinend ganz im Sinne der Verblichenen – eine feierliche Doppelbestattung.

Ob schlussendlich ***dies*** zu einer Versöhnung der beiden führte, bleibt reinen Spekulationen vorbehalten.

DIE VIELFARBIGE

Eine gelbe Dame fiel beim Lüsterputzen herunter. Nun war sie blau.

Auf die Frage ihres Arztes, ob sie dies nicht vielleicht schon vorher gewesen und ***deswegen*** herabgestürzt war, wurde sie rot.

Nachdem sie die verschriebene Heilsalbe aufgetragen hatte, war sie zunächst weiß, schwoll bald darauf aber violett an.

In diesem Zustande glitt sie auf der Straße aus und fiel in eine Teertonne.

Jetzt endlich war sie schwarz – und ***blieb*** es auch für eine ganze Weile.

„DESAVOUIEREN SIE MICH!“

„Desavouieren Sie mich bitte, nur so kann ich meine Ehe retten!“, drängte Mrs. Piggy Degenhut einen ihr zulächelnden Herrn auf der Straße, während Gatte Kent teilnahmslos in eine Auslage starrte.

Da bezichtigte sie der edle Fremde lautstark, ihm die Handtasche geklaut zu haben – worauf ihr Gemahl, dem dies absolut unvorstellbar schien, vehement für sie Partei ergriff, was er seit Jahrzehnten nicht mehr getan hatte.

Und damit war, fürs Nächste wenigstens, die geplante Scheidung noch einmal abgewendet.

„DESAVOUIEREN SIE MICH NICHT!"

„Desavouieren Sie mich bitte nicht, Ehrwürdigster, indem Sie stolz verlauten lassen, mich in einer **Kirche** entdeckt zu haben. Man glaubt sonst womöglich gar, ich wäre flatterhaft geworden!", appellierte kleinlaut ein Teufel an Bischof Camelio Graublut, der ihn in einem Verbau hinter einem Beichtstuhl aufgespürt hatte, wo er mit Hochgenuss den Sünden der Menschheit zu lauschen pflegte. Und zur „Buße" versprach er dem Bischof, künftig nur noch 1 Mal im Monat zu erscheinen.

Als er aber beim Abschiedskuss mit Erstaunen registrierte, dass der hohe Würdenträger keine Unterwäsche trug, wurde er gleich wieder unverschämt, und drohte nunmehr, ***ihn*** zu desavouieren – sollte er ihm nicht erlauben, ab sofort 1 Mal wöchentlich als ***Beichtvater*** zu fungieren.

Und all jene „Auserwählten", die dann die Ehre bei ihm hatten, sollen sich hinterher höchst anerkennend, wenn auch leicht verwundert, über sein ungemein wohlwollendes Verständnis geäußert haben, das fast schon einer Ermunterung zu weiteren Vergehen gleichgekommen sei ...

„DESAVOUIEREN SIE SICH!“

„Desavouieren Sie sich beizeiten, dann fällt Ihnen hernach der große Abschied viel leichter!“ Diese Deduktion aus dem „Kundigen Umgang mit dem letzten Kapitel des Lebens“ von Dr. Astaire Schemelfresser war blankester Hohn in den Augen von Colonel Tivoli Schwertbeisser. Denn so müsste er doch um die Würde eines ruhmvollen, feierlichen Begräbnisses mitsamt den so unverzichtbaren Grabreden bangen – was ihm das Allerwichtigste schien gleich nach dem Leben.

Als ihm dann aber infolge eines Flugzeugsabsturzes **überhaupt** keine Bestattung zuteilwurde, nahm er sich zur Revanche vor, sich im nächsten Dasein schon von Anbeginn an **kräftigst** zu desavouieren – und wurde als „besonders penetranter, nicht enden wollender Schreihals der übelsten Sorte“ geboren.

Nachdem ihm jedoch die verzweifelte Mutter bald den Garaus gemacht und ihn heimlich entsorgt hatte, sah er sich abermals um eine „angemessene“ Beisetzung geprellt – sodass er sich genötigt fühlte, die Strategie für seine nächste Existenz erneut zu überdenken ...

„DESAVOUIEREN SIE SICH NICHT!“

„Ich bitte Sie, desavouieren Sie sich doch nicht, indem Sie sich nochmals dazu herablassen, auf der Welt zu erscheinen. Denn diese ***dankt*** es Ihnen einfach nicht!“, warnte sein überirdischer Ratgeber den vormaligen Prof. Dr. Rüdiger Bauchweh, ehedem hochgeschätzte Kapazität auf dem Gebiete der Verdauungsforschung.

Worauf er einsichtigerweise sein Vorhaben endgültig aufgab und eine andere Laufbahn einschlug.

Und dies ***dankte*** ihm die Welt nun auf ihre Weise. Sie ließ seinen längst verrotteten Grabstein restaurieren und mit der neuen Inschrift ausgestalten: „Dem Andenken eines Mannes, der garantiert nie wiederkehrt“.

DIE LEICHE UND DER REGENWURM

Ein Regenwurm forderte eine Leiche auf: „Rutsch mir den Buckel runter!“

Da sie dies beim besten Willen nicht fertigbrachte, fraß sie den Wurm erst auf, und rutschte sich dann ***selbst*** den Buckel hinunter.

Etwas Derartiges bringt man wohl ***nur*** als Leiche zustande!

EIN LIEBER TEUFEL

Ein Teufel, der als solcher zu erkennen war, hielt einer reiferen Dame galant eine Tür auf. „Ein ***lieber*** Teufel!“, meinte sie anerkennend.

Wenig später half er ihr beim Einsteigen in eine Straßenbahn. „Ein ***lieber*** Teufel!“, befand sie abermals gerührt.

Bald darauf traf sie ihn seinen Hut aufhaltend vor einer Kirche. „Ein ***armer*** Teufel!“

Voller Erbarmen schenkte sie sich ihm – und fuhr mit ihm zur Hölle.

DER PHLEGMATISCHE BAUER

Bauer Jutesack Krautmichl war so phlegmatisch., dass er sich die Frühstückseier von der Henne direkt ins Bett bringen ließ. Aus Eifersucht ließ sich Gattin Ringlotta sogar scheiden deswegen.

Nun nahm die **Henne** ihren Platz bei Tische und im Bette ein: „Wenn ich dir schon deine täglichen Mahlzeiten serviere, kannst du mich ebenso gut auch ehelichen!" Widerspruchslos folgte der Bauer ihrem Begehr.

Doch jetzt gab es keine Eier mehr. „Als Dame des Hauses habe ich Besseres zu tun, als Eier zu legen und dir nachzutragen! – Ich will mich fortbilden!“ Sie belegte einen Kursus für Latein und Griechisch, und gackerte forthin nur noch in diesen Sprachen mit dem Hahn, der sie seit seiner Schulzeit meisterhaft beherrschte, über die neuesten Theateraufführungen. – Für den Bauern hatte sie bald kein Wort mehr übrig.

Da wurde dieser **cholerisch**, ließ sich erneut scheiden – und heiratete den Hahn.

DAS KLUGE GEBOT

In der Absicht, einen Fenstervorhang in ihrem Salon zu schließen, bemerkte Baronin Bräuhilde von Zeck eine weiße Hand an der Gardinenleiste.

Wie nicht anders zu erwarten, erschrak sie zunächst fürchterlich. Die Hand gebot ihr jedoch, sie möge sich beruhigen.

Sie gehorchte – und siehe da: Der Schreck war weg!

DIE VIERFACHE VERBEUGUNG

Nach abendlichem Läuten fand Mrs. Babette Schwanenmaker eine undefinierbare, blassrosa Gestalt mit schwarzem Federhut vor ihrer Tür, die sich vier Mal äußerst manierlich verbeugte.

„Sie wünschen?“, fragte sie in höchster Verwunderung. „Das eben kann ich nicht ***sagen***, daher und statt***dessen*** meine mehrfache Verbeugung“, erklärte die Gestalt mit ausgesuchter Höflichkeit.

Während sie rätselte, was ihr Gegenüber wohl meinen könnte, kroch ihr dieses rasch unter den Rock.

Nun wusste sie zwar, was es von ihr wollte – aber da war es schon zu spät!

DIE FROMME MAID (1)

Zur Wahrung ihres Seelenheils sah sich die fromme Mademoiselle Estelle leider gezwungen, ihre Eltern, Madame Flatteuse und Monsieur Xavier Zimtbart „in Notwehr“ zu erdrosseln, da jene ihr beharrlich den Beitritt zu einer frommen Sekte verwehrten.

Gemeinsam mit deren Oberhaupt, Maître Apollinaire Streifschuss, sorgte sie anschließend in liebendem Andenken dafür, dass sie auf angemessen fromme Weise und ohne unnötiges Aufsehen auf dem entlegenen Friedhof der Sekte verscharrt wurden, wobei der Maître für den Blumenschmuck selbstlos fromm sogar einen Teil ihrer **Ersparnisse** opferte, die ihm in frommem Gehorsam umgehend von Estelle übertragen worden waren.

Wofür er auch ***dieser*** schon vorsorglich ein (zum baldigen Bezug bestimmtes) frommes ***Ehren***grab reservierte ...

DIE FROMME MAID (2)

In religiösem Abscheu erschoss das überaus fromme Fräulein Clothilda Wasserbeutel in einem frommen „Gottesstaat“ seine Eltern, Justus und Hermine, weil diese es „sexuell belästigt“ hatten – indem sie ihm enthüllten, ***wie*** seine Geburt zustande gekommen war.

Es bekam hierfür nicht nur vom Obersten Gerichtshof einen Orden verliehen, sondern wurde später sogar von Papst Rachitius III. heiliggesprochen.

DIE FROMME MAID (3)

Dass ihre Nachbarn, Mr. Grigori und Mrs. Natascha Sahnebeutel, niemals zur Kirche gingen, erzürnte die fromme Miss Sarah Strohgack dermaßen, dass sie ihnen diese schließlich, in Gestalt des Pastors Ruckbert Sturmschnabel, ins ***Haus*** schickte – indem sie angab, sie lägen im Sterben und verlangten nach der Letzten Ölung.

Als der Geistliche jedoch eintraf, waren die beiden „un"-erklärlicherweise tatsächlich bereits tot ...

DER PAPST ALS NASHORN

Papst Flopinius der Gewaltige, der lediglich mit seiner Nase ein wenig zu kurz gekommen war, indem er nämlich gar keine besaß, glich dieses Manko aber zu guter Letzt mehr als wieder aus.

Gleich nach seinem heiligen Tode erwirkte er vom Schöpfer die Spezialerlaubnis, sich bis zur „eigentlichen“ Auferstehung als ***Nashorn*** unter seinesgleichen an den Ufern des Nils zu tummeln.

Denn sich posthum einfach eine ganz gewöhnliche ***Fleisch***nase wachsen zu lassen, wäre ihm denn doch etwas lächerlich und jedenfalls gänzlich ***un***päpstlich erschienen.

DER PAPST ALS MARIENKÄFER

Um seiner Marienverehrung ganz besonderen Ausdruck zu verleihen, brachte Papst Eulalius der Fromme stets einige Tage im Jahre als Marienkäfer zu – in welchem Zustande er dann voller Inbrunst heilige, der Jungfrau geweihte Lieder sang und sich selbst hierzu an der Harfe begleitete.

Als Papst war ihm all dies nämlich leider verwehrt, da er sowohl stumm war als auch keine Hände besaß.

Und weshalb er dann nicht Gottes Hilfe dafür einsetzte, seine Lage – mit weit weniger Verwandlungsaufwand – prinzipiell zu verbessern?

Dies hätte einfach nicht seiner Auffassung von Demut und Gottesfurcht entsprochen!

ISIDORA UND DIE MÖBELPACKER

Mademoiselle Isidora Flarivari war eine ***begnadete*** Künstlerin.

Als sie von Paris nach Lyon ziehen wollte, waren ihr die Möbelträger eine ganz ***außer***ordentliche Hilfe dabei: Sie warfen ***sie*** an Stelle der Möbel in die Seine.

So konnte ihre Seele ***vorzeitig*** Gnade finden!

DIE KLAPPERNDE LEICHE

Vor Schreck mit den Zähnen zu klappern begann eine Leiche, als sie erkannt hatte, was sie war. „Mein Gott, wie ich ***aus***sehe!“, jammerte sie, während sie in den Gruftspiegel blickte.

„Mach dir nicht ins Hemd. Andere sehen zu ***Leb***zeiten nicht besser aus!“, versuchte ihr Sarg sie zu trösten, was allerdings kläglich misslang.

„Wer soll ***mich*** denn noch, in ***meinem*** Zustand, heiraten?!“, lamentierte sie weiter. „***Ich*** zum Beispiel!“, flirtete der Sarg und machte ihr einen formellen Antrag.

Da begann sie zu tanzen vor Freude, holte ihre Kastagnetten und klapperte mit ***diesen***.

DER SPRUNG AUF DIE BÜHNE

Während einer Galaaufführung von „Faust“ überkam Monsignore Hyazinthus Grimassini, Theaterkritiker aus Leidenschaft, das übermächtige Verlangen, sich aus den Niederungen des Parketts endlich ***selbst*** ins Rampenlicht zu begeben.

Er kletterte auf eine Logenbrüstung, tat einen tollkühnen Sprung auf die Bühne – und landete unter dem tosenden Applaus des Publikums genau in der **Versenkung**, aus der kurz zuvor Mephisto aufgetaucht war!

Auf der Unterbühne angekommen, wurde er vom herbeieilenden Requisiteur sogleich seiner kirchlichen Amtstracht entledigt sowie um Schmuck und Gebetbuch erleichtert, die allesamt fein säuberlich zur Aufbewahrung gelangten.

Er selbst – halb nackt und ganz benommen von seiner künstlerischen Darbietung – wurde von einer Putzfrau für ein Häufchen Unrat gehalten, das auf der Bühne angefallen war, und rasch mit Schaufel und Besen beiseitegeschafft.

So endete eine vielversprechende Theaterkarriere, noch ehe sie richtig begann!

DIE GEISTERBAHN

Auf einer Vergnügungsreise von Nowosibirsk nach Usbekistan wurde eine Schar Amerikaner während einer nächtlichen Bahnfahrt von einem Schwarm russischer Nationalgeister heimgesucht und so lange gezwickt, gezupft und genervt, bis sie – irgendwo im Niemandsland – wie auf Kommando aus dem rasenden Zug sprangen.

Ihre Leichen konnten bis heute nicht geborgen werden.

DER MODERNE MENSCH

„Sie sind ein moderner Mensch!“, anerkannte ein Gespenst gegenüber Lord Saphiro Edelwelker, als es nachts vor seinem Bette stand, „Zu ***meiner*** Zeit haben wir noch auf der ***Erde*** geschlafen!“

Und voller Bewunderung stieg es hinein und legte sich auf ihn, bis er erstickt war.

DER ARM UNTER WASSER

Mrs. Gotthilda Greenspeck schickte sich an, ins Schwimmbecken ihres Gartens zu steigen, als sie unter der Wasseroberfläche einen losen Arm treiben sah. Sogleich rief sie den Gärtner an, ob er einen Arm bei ihr vergessen hätte. Verwundert sah er nach und versicherte ihr dann, er ***habe*** beide Arme noch.

Etwas ratlos näherte sie sich erneut dem Becken und bemerkte, dass der Arm auch keine Hand mehr hatte. Voll Bedauern fragte sie ihn nun, wem er denn gehöre.

„Ausschließlich mir selbst!", fertigte er sie schnippisch ab. Das sei doch keine Antwort, drang sie weiter in ihn, worauf er ihr unwirsch zu verstehen gab, lediglich einige Runden in ***Ruhe*** schwimmen zu wollen; ob dies vielleicht zu ***viel*** verlangt sei.

Mrs. Greenspeck ließ indes nicht locker – bis dem Arm der Kragen platzte und er sie anfuhr, sie könne froh sein, dass er keine ***Hand*** mehr besäße, da ihm diese sonst längst ausgerutscht wäre! – „Ach du ***albernes*** Ding! Du ***verdienst*** es ja gar nicht, dass man sich sorgt deinetwegen!"

Und sie sprang ins Wasser, um gleichfalls zu schwimmen.

DER REVIDIERTE LETZTE WUNSCH

„Darf ich mich zu Ihnen setzen?“, wandte sich Miss Janda Frohgack selig in einem Restaurant an einen eleganten Herren. „Aber natürlich“, meinte er charmant, „Ich ***liebe*** Leichen!“ – „Vor allem, wenn sie frisch gebraten sind!“, dachte er insgeheim weiter.

Da das Lokal gepriesen dafür war, wirklich ***jedem*** Schlemmer zu genügen, steckte er wenig später zwei Köchen ein saftiges Trinkgeld zu – und ließ sich das anschließende Mahl vorzüglich schmecken.

Und hatte damit der Gönnerin ihren „endgültig letzten“ Wunsch erfüllt: In ***Liebe verzehrt*** zu werden, statt im Sarg dahinzurotten bis sie blau war!

DER PAPST ALS HUNDEFUTTER

Um wenigstens posthum einen kleinen Beitrag zum von der Kirche so sträflich vernachlässigten Tierschutz zu leisten, verfügte Papst Blauherz der Einsichtige in seinem Testament, dass man seine heiligen Überreste an die streunenden Hunde Roms verfüttere.

Erstaunlicherweise fand diese so kluge und kompetente Entscheidung bis heute keinen einzigen Nachahmer unter den Päpsten.

Und das, obwohl diese doch ansonsten geradezu unschlagbare „Meister“ im Nachäffen ihrer Vorgänger sind ...

DER PAPST ALS KATZENFUTTER

Zum Andenken an den großen Blauherz den Einsichtigen sowie zur Ehrenrettung seines Nachfolgers, Papst Grünsterz des Weitsichtigen, bleibt immerhin noch nachzutragen, dass sich Letzterer den testamentarischen Motiven seines Vorgängers vollinhaltlich anschloss.

Wenn auch freilich – und dies verlangte gebieterisch sein Stolz – mit einer kleinen schöpferischen Abweichung.

Er bestimmte, dass man ihn an die hungernden ***Katzen*** der Ewigen Stadt verstreue.

DER PAPST ALS TAUBENFUTTER

Bei Durchsicht der Vermächtnisse seiner Vorgänger, was ihm stets ein erbauliches Vergnügen bereitete, ließ sich Papst Pfefferkropf der Gelehrige von zweien dazu inspirieren, auch ***seine*** edle Hülle zur gekommenen Zeit als heilige Tiernahrung zu stiften.

Und hierbei kamen für ihn nur Tauben in Betracht, da sie auf Grund ihres friedlichen Naturells am ehesten diese hohe Auszeichnung verdienten.

Vermutlich ***wegen*** ihrer Sanftmut ließen sie ihn dann aber als **ungenießbar** glatt liegen.

Doch dafür opferten sich desto eifriger die Raben ...

DER MONDÄNE MORD (2)

Ein Mord war so mondän, dass sich die Leute geradezu drängten, von ihm als Opfer auserkoren zu werden. Doch verlangte er solch **horrende** Honorare, dass sich ihn bald niemand mehr leisten konnte.

Da wurde er bescheiden – und ging auch **damit** baden.

Allerdings in einem ***Nobel***kurort ...

DER MONDÄNE PAPST

Papst Kaprizius I. war so mondän, dass die ausgesuchtesten Modejournale der Welt ihn baten, für sie zu posieren, was er – allzeit voll Barmherzigkeit – gegen einen kleinen Obolus auch stets gern tat.

Er verhalf damit dem gesamten Christentum zu einem unerhörten Aufschwung – der jedoch im Nu wieder in sich zusammenbrach, als sein ***Nachfolger***, Archaicus II., der als betont ***bieder*** galt, die Bühne betrat.

Dies eben ist der Nachteil von Modeströmungen aller Art ...

DIE HEIRATSSCHWINDLERIN

Eine Leiche konnte einfach nicht nein sagen. Jedem Verehrer – und auf Grund ihrer nicht geringen Attraktivität hatte sie deren viele – gab sie ohne zu zögern ihr Jawort, verschwieg aber ihren wahren Status völlig. Da Liebe bekanntlich blind macht, sah ihr diesen (zunächst) auch niemand an. Spätestens am Tage vor der Hochzeit jedoch wurde sie von Panik erfasst und ließ den jeweiligen Bräutigam einfach sitzen.

Als sie aber schließlich der „Liebe ihres Todes“ in Gestalt des Fleischermeisters Justinus von Hackschädel begegnete, war sie endlich bereit, einen Schritt weiter zu gehen, und ließ die Trauung auch tatsächlich vollziehen.

Doch es kam, wie es kommen musste. In der Hochzeitsnacht sah sich die Braut gezwungen, ihr Geheimnis zu offenbaren. Herr von Hackschädel, der in seiner Verliebtheit nicht einmal gemerkt hatte, dass sie ein Mann war, sah sich dieserart gleich zweifach überrollt: „Also **Ersteres** hätte ich dir ***ohne*** weiteres verziehen; aber dass du gar nicht mehr lebst, geht mir entschieden zu weit, meine Teuerste. Ab morgen sind wir geschiedene Leute!“

„Hättest du mich denn behalten, wenn du selbst dahin wärst?“, versuchte sie kleinlaut zu erkunden. – „Wenn es dir ein Trost ist, ja.“ Frohen Mutes verabreichte sie ihm einen „Schlaftrunk“, der ihn zu ihresgleichen machte.

Nun aber verklagte er sie wegen Meuchelmordes, ließ erst recht sich scheiden – und heiratete den **Anwalt**! (Der längst schon „beidergleichen“ angehörte.)

DER BREITBEINIGE OZEAN

Beschwingt und noch im Morgenrock öffnete Baron Adelhecht Punsch die Tür ins Vorzimmer – und hielt mit angemessener Verblüffung inne: Breitbeinig stand dort ein Ozean!

„Ich mache Sie ***gleich*** aufmerksam, mein Teuerster, dass ich nicht schwimmen kann!“, bekannte der Baron freimütig. Der Ozean zuckte jedoch mit keiner Auster, sondern schwappte einfach über ihn in den Salon hinweg.

„Das hat man davon, wenn man den Leuten die Wahrheit sagt!!“, resümierte er, während er ertrank.

DIE LEICHE AUS DER HANDTASCHE

Um sich in der Opernpause etwas aufzufrischen, öffnete Madame Bernadette Hutschmeisser in einem Waschraum ihre Handtasche – worauf verstohlen eine Leiche herauskroch und sich schleunigst entfernte.

„Nirgendwo hat man ***Ruhe*** vor diesen Gfrastern!“, schimpfte sie, in der Tasche wühlend.

„Und mein Schminkzeug ist auch weg!!“

DIE LEICHE AUS DER WESTENTASCHE

Während eines nächtlichen Fernsehkrimis eilte Signor Dolfino Feld-Webbel um eine Weste in sein Schlafzimmer.

Ehe er sie anziehen konnte, schlüpfte jedoch rasch eine Leiche aus der rechten Tasche.

„Wie kommen ***Sie*** denn hierher?", fragte er irritiert. „Direkt vom Friedhof. Und da will ich auch gleich wieder hin. – Kommste mit, Kleiner?" Kokett zwinkerte sie mit dem Auge. Er starrte sie nur wortlos an, sodass sie schließlich allein aus dem Fenster kletterte.

Immer noch fassungslos blickte er ihr nach. Seit ***Jahrzehnten*** war er nicht mehr so genannt worden!

Wäre auch ziemlich geschmacklos gewesen. War er doch (nach Eigendefinition) Liliputaner.

DIE LEICHE AUS DER ZÜNDHOLZSCHACHTEL

Auf der vergeblichen Suche nach seinem Feuerzeug kramte Oberstudienrat Augustin Bauchredner eine seit langem nicht mehr benützte Zündholzschachtel hervor.

Kaum fassen mochte er, was er nun sah: Eine ausgewachsene menschliche Leiche kam zum Vorschein! „Wie kann Derartiges nur ***möglich*** sein?!", dachte er außer sich.

„Das wüsste ich selber gern", ließ die Leiche da vernehmen, die offenbar auch noch Gedanken lesen konnte, „Aber alles weiß selbst ich nicht!" Sprach's, öffnete das Fenster und flog davon, ohne „Adieu" zu sagen.

„Und Manieren haste auch keine!", rief er ihr leicht pikiert nach – und zündete mit dem einzigen verbliebenen Streichholz endlich seine Zigarre an.

DIE LEICHE UND DIE NACHTIGALL

Eine Leiche befragte eine Nachtigall, was sie tun müsse, um ***ebenfalls*** derart prächtig zu singen.

„Deine Frage kommt etwas spät. Das hättest du dir früher überlegen sollen", lautete ihr Befund.

Die Leiche bewunderte die Weisheit der Nachtigall – und entschloss sich stattdessen, ihren **Sargdeckel** um Rat zu bitten.

Konnte der doch zumindest ***quietschen*** wunderschön!

DIE NONNE UND DIE REBLAUS

Eine Nonne hatte ein Rendezvous mit einer Reblaus, die jedoch nicht erschien.

„Na warte, du Laus, dir zahl ich's heim!", dachte sie und blieb dem nächsten vereinbarten Treffen fern. Die Reblaus indes überlegte ihrerseits: „Dich lasse ich zur Vorsicht ein weiteres Mal hängen; dann bist du mir später ganz ***sicher*** gefügig!"

Dies nicht ahnend, fand die Nonne zum dritten Termin völlig versöhnt sich ein – und ***war*** ihr gefügig.

Und das, obwohl sie eine ***Nonne*** war!

DIE BEIDEN PRIMADONNEN

Zwei Ziegen, Hilly und Daffy, besuchten eingehängt eine Aufführung von „Lucia di Lammermoor“ in der Oper.

Als der Schlussapplaus aufbrauste, bezogen ihn die beiden auf sich, erhoben sich von ihren Parkettplätzen und verneigten sich huldvoll – worauf sie ausgebuht wurden.

Nun begannen sie laut und erbost zu meckern, sodass der im Saal weilende Direktor auf ihr herrliches Stimm-Material aufmerksam wurde – und sie vom Fleck weg engagierte.

So wurden schließlich doch noch gefeierte Primadonnen aus ihnen.

DIE VERSTECKTE BOTSCHAFT

Comtesse Ägidia Hintertürl erhielt ein anonymes Schreiben, in dem eine Botschaft (komplett mit Personal und Botschafter) versteckt war. Da sie die Nachricht nicht verstand und die Botschaft nicht entdeckte, landete alles auf dem Müll.

Als man wenig später endlich amtlicherseits das Fehlen des Botschaftsgebäudes nebst Inventar bemerkte, informierte man umgehend den betreffenden Staat und äußerte die Vermutung, dass sich die Botschaft offenbar **versteckt** hielt irgendwo. Woraufhin dieser – ganz **offen** – den ***Krieg*** erklärte!

Vor einem ***solchen*** Staat ***kann*** man sich nur verstecken!

DIE REGENSCHIRMBARONIN

Unliebsamen Konkurrentinnen – als die sie eigentlich nahezu sämtliche einigermaßen ***gut*** aussehenden Damen betrachtete – pflegte Baronin Melwine Hinterwachl auf der Straße, im Vorübergehen, einen energischen Klaps mit ihrem allgegenwärtigen Regenschirm auf das Hinterteil zu versetzen.

Nachdem sie wieder einmal besonders ***tüchtig*** ausgelangt hatte, vernahm sie jedoch an Stelle des vertrauten Schnalzens ein ganz konträres, seltsam **dumpfes** Geräusch. Irritiert zog sie den Rock der Betroffenen hoch – um mit höchstem Befremden zu erkennen, dass diese eine Holzprothese trug, auf der sich gar ein Holzwurm tummelte!

Seither züchtigt die Baronin nur noch junge Männer.

DIE ÜBERMÜTIGE LEICHE

So penetrant wohlgelaunt und ausgelassen gebärdete sich die seinerzeitige Miss Lolita Papstzeck den ganzen lieben Tag, dass jedermann schleunigst das Weite suchte.

„Bin ***ich*** froh, dass ich nicht mehr am Leben bin!“, jauchzte sie unentwegt, sich laut die Schenkel klopfend, „Ich würde mich glatt **umbringen** sonst vor Übermut!“

DER PAPST ALS NACHTHEMD

Wie beglückend himmlisch es doch wäre, als Nachthemd des **Allmächtigen** mit diesem einmal die ganze Nacht zu verbringen – davon schwärmte Papst Lustvogel der Grandiose in unzähligen „heiligen" Träumen.

Als ob sich der Schöpfer jemals wirklich mit einem solch seltsamen Kleidungsstücke irdischer Provenienz verunstalten würde!

Aber so etwas weiß man natürlich nicht als Kirchenmann. ***Woher*** denn auch ...

DER PAPST ALS SCHMETTERLING

Als graziöser Schmetterling direkt in den Himmel flattern – dies schien Papst Windvogel dem Luftigen der Inbegriff von Erfüllung und Glückseligkeit.

Doch da hätte er sich mitnichten für sein „heiliges Amt“ entscheiden dürfen.

Denn dieses zog ihn mit bleierner Erdenschwere geradezu magnetisch immer ***tiefer*** hinab ...

Printed by Books on Demand GmbH, Norderstedt / Germany